톡고
2

독고 2

민 글
백승훈 그림

3

毒鼓

어서 오세요.

형님.

뭐야? 너.

그놈 얼굴
모르잖아요. 그죠?

뭐야?

야. 저기 저 형님이
너 좀 보자신다.

뭐야? 너 누구야?

야. 섭하다 야.
너 나랑 중학교 동창이야.

기억도 안 나는 놈이
어디서 엉겨?

야. 야. 내가 아니고
저기. 저기.

7

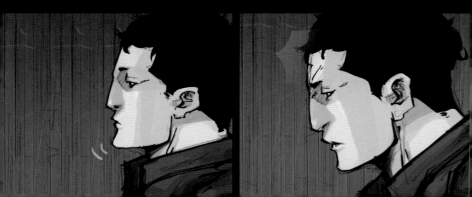

갱생기

얼굴은 왜 그래?

서북고연에 당했다.

너도?

정말 안 할 거냐?

안 한다니까?

작년에 사건 터지고
조사 받을 때 네 형 이야기
자세히 들었다.

...

아무 힘도 없으면서 부당하니까
맞선 사람이라고 하더라. 자기 같은 약자도
맞서 싸울 수 있다는 걸 보여주려고.
그냥 당하고만 있지 말라고 애들한테
메시지를 보낸 거라고.

...

네가 더 잘 알지?

그래서?

언니.

하이!

너 왜 또 왔어?

에이. 당분간 학교에 못 가. 아파서 못 가는 척이라도 해야 나 안 건드려.

멀쩡하게 돌아다니면 또 건드린다니까?

나 참… 올라와.

여어! 한지훈.

저거야?

아니야. 금방 올 거야.
민협이는?

근데 저건 뭐야?

이거?

이사회 갔다. 반 형제가
오늘 하루만 세 명 잡았다고
청구액이 많대.

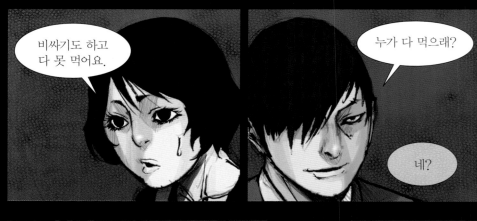

부자들은 다
이렇게 살아요?

지… 진짜 맛만 봐요?

아니. 나 같은 하급 부자나
그러는 거지. 진짜 부자들은
검소한 사람이 더 많아.

그럼?

아…

보통 돈 있는 거 자랑하면서
갑질하는 놈들은 남이 일궈낸
성공에 얹혀 탄 인간들이지.

갑부 자식이라든가
갑부 남편이나 마누라?

혹은 재벌 2세나 3세.
스스로 일궈낸 부가 아니라 태어날 때
가졌던 거라서 부의 가치를 모르지.

이사님 같은 부자들도
명품 같은 거 사요? 어떻게 사요?

그냥 가만히 있으면 연락이 와.
물건 들어왔다고.

외국에 나가서
안 사요? 싸잖아요.

반은 넘어온 것 같고…

누가 주먹만 쓴대?

독고가 서북고연을
해체한다고.

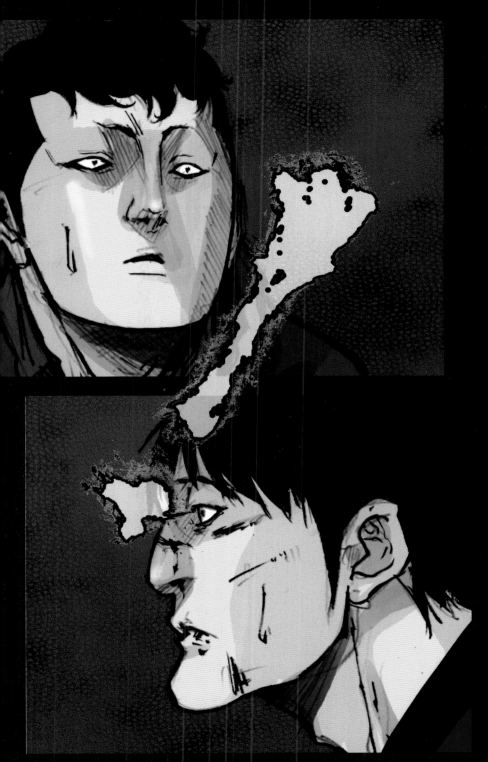

목이 짧아 슬픈

엄지발가락같이 생긴애

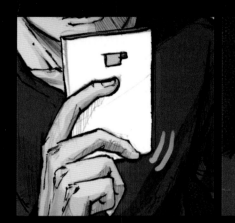

반씨들이 오늘 하루만
김다빈, 강범구, 기준호
세 명을 넘겼어.

너무 빨라.

돈독이 올랐나?
뭐 이렇게 빨라?

이런 식이면 우리 돈 벌어서
남 좋은 일 시키는 거 아냐?

뭐야? 왜 그래?

우리 학교… 당했어.

응?

독고가 서북고연을
해체한다는데?

그 사람이 바로 독고야.

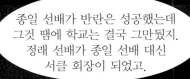

종일 선배가 반란은 성공했는데
그것 땜에 학교는 결국 그만뒀지.
정래 선배가 종일 선배 대신
서클 회장이 되었고.

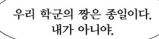

우리 학군의 짱은 종일이다.
내가 아니야.

그런데 종일 선배가 독고의 이름을 퍼뜨렸어.

독고가 조강훈
잡아주지 않았으면 나도 없어.

그게…

우리가 명진환 편에 서 있었지만
사실 종일 선배가 더 좋았거든.
그때 종일 선배한테 빨리 얻어맞고
1학년들은 아픈 척, 기절한 척하고 있었어.

그리고 싸움이 한창일 때
누가 왔었는데…?

본능

거시기 그… 퍼런 거.

여기 오피스텔에 대학생들 많이 살잖아. 스승의 날에 교복 입고 대학 가고 그러더라고. 그거 보고 생각한 거지.

한 달에 한 번씩 그냥 하는 거야. 알뜰한 학생들은 이날만 기다렸다가 왕창 사 가거든.

오늘 스승의 날도 아닌데요?

저도 교복 입으면 할인해줘요?

아, 그럼.

자, 잠깐만요.

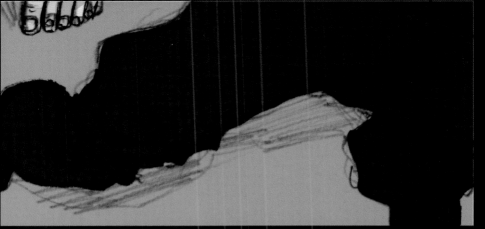

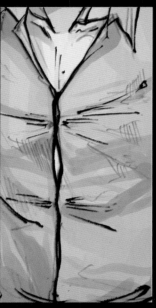

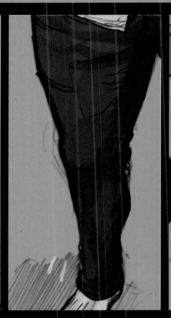

아…

그때보다 5kg밖에
안 쪘는데 왜 이래?

슈퍼만 갈 건데… 뭐.

한창을 없애 손 하나를 잘랐고 이제 김종석을 잘라 서북고연의 두뇌를 제거한다.

그리고 너희 모두 내 옆에서 얼쩡거리지 마라. 다친다. 특히 너.

예! 옙!

예?

대외적으론 한창공고 애들과 함께 장렬히 전사한 걸로 해.

예!

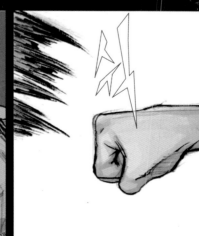

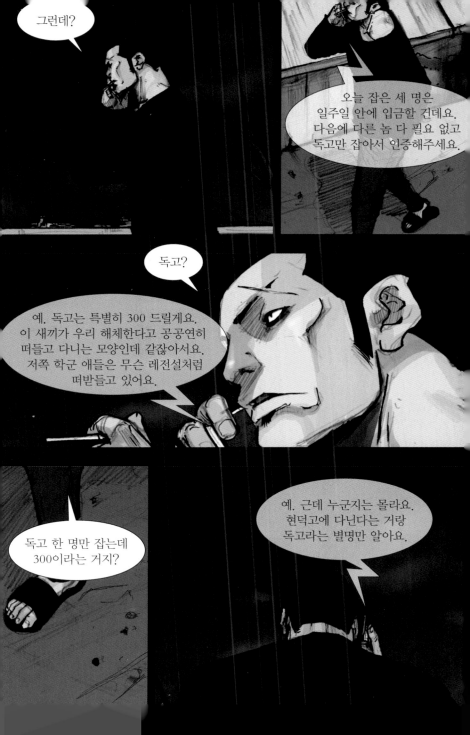

문 앞에 새 옷 걸어놨다.

고··· 고맙습니다.
집에까지 들여주시고.

제가 살던 집보다 여기
텔레비전이 더 크네요.

84인치라고 했나?
진열이가 TV 큰 걸 좋아해서.

지네 집에 105인치짜린가?
1억짜리 TV 있다더라.

어떻게 된 거야?
팔은 왜 그래?

예…

많이 아물었습니다.

167

바찢남

노출의 단계

연예인   배달의 민족   미세먼지

못 봤지. 다 삭제했는데.
데이터 복구하자고 애새끼들
돈 거두고 난리다.

야!
너 일루 와봐.

안 와? 네가 오면 10원에 한 대.
내가 가면 10원에 두 대.

저쪽으로 가자.
돈 얼마 있어?

딱 보니 천 원짜리
몇 개 있겠네.

173

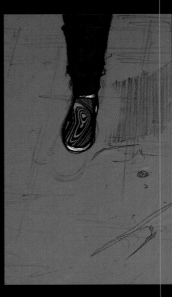

얼굴에 묻었네?

집단 폭행 한번 당해보실래?

짱구 굴리지 마.
그거 어차피 불법이라
법적 효력 없어.

푸른이 돈 갚아주는
키다리 아저씨 정도로 하지.
너희 3천이 끝이 아니야.
바쁘니까 영수증 빨리 가져와.

미성년자 상대로 이딴
거래했다는 증거니까 가지고 있으면
너희도 불리해.

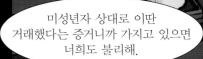

누, 누구십니까?

그렇지!

탁
탁

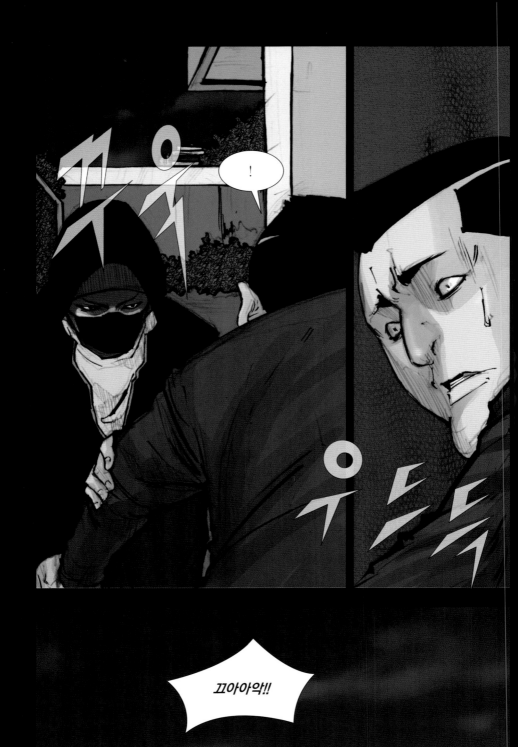

그런 거 안 시켜.
학교에 학생 몇이
안 나오고 있어.

예. 돈만 주면 뭐든 다 하죠.
사람 죽이는 것만 빼고.

예?

여학생 한 명,

남학생 둘.

무슨 일인 것 같아?

애들 학교 안 나오는 걸
우리보고 어쩌라고…

난 교육자야. 학생이 학교를 못 나오는 건
대개 두 가지거든. 학교 폭력, 가정사.

교… 교육자?

그게 좀 더 착한
일 하는 것 같지 않아? 학교 폭력을
막는다고 생각하면 기분도 좋고.

어… 근데.

일도 쉽고.

우리 비싼데…요.

얼만데?

푸른이는 8천짜리
인생이고 어디 너희는?

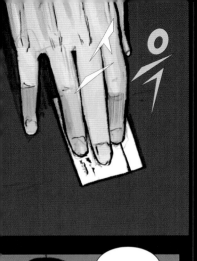

우

오… 이사다, 이사.
높은 사람인가 봐.

그럼.

아 참.

예?

쓸데없이 애들 싸움에
끼어들 필요는 없어.
있는 그대로 조사만 해 와.

197

응, 희성아. 들었어.
이번에도 독고라고 했다며?

희성아, 잠깐만. 흥분한 건
알겠는데 내 얘기 들어.

야, 반씨들한테 전에
그 골목 털라고 해야 되는 거 아냐?
너희 골목 털어서 독고
끌어낸 적 있다며?

반씨들 돈 먹는 속도가
너무 빨라서 조절해놓은 거야.
지금 독고 털 타이밍 아니야.

뭔 이야기를 들어!
지금 당장 독고 털어야지.
골목 털어서 유인하자니까?

그럼 뭐야? 한창공고
이어서 우리 학교 털기 시작했는데.
이게 답답한 게 그 새끼는 확실한
목표가 있는데 우린 누군지를 몰라.
앉아서 당할 수밖에 없다니까?

희성아. 이거 이사회에서
해야 할 이야긴데 먼저 이야기할게.

한창 털리고
각 학교별 영역 새로 짜서
넘긴 거 알지?

뭘?

198

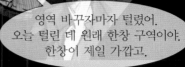

알아.

영역 바꾸자마자 털렸어. 오늘 털린 데 원래 한창 구역이야. 한창이 제일 가깝고.

그런데?

응?

정보를 얻은 거야. 누가 독고한테 붙은 거라니까? 아니면 우연히 그렇게 됐다는 건데 난 세상에 우연은 없다고 생각한다.

한창은 지가 털었잖아. 근데 또 한창 털려고 거기서 어슬렁거렸겠냐?

너희 학교 구역 관리자 누구야? 상대지?

어…? 그렇긴 한데.

야. 그래도 우리 학교는 아니지. 상대가 시현이 깔려고 독고랑 붙는다는 게 말이 돼?

그래. 어차피 다 확인해봐야 돼.
일단 내가 맡고 있는 우리 학교는 아니고
기천도 선후배끼리 안 그럴 것 같으니까 아니고
다른 학교 담당자들 한 명씩 바꿔보자.

거기서 에러 나는 놈이 독고랑
붙어먹은 놈이니까 그 새끼부터
단속해놓고. 응?

...

내부 단속하고
독고를 잡든 뭘 하든
해야 한다니까?

알겠다.

뭐래?

그냥 뭐…

그냥 내가 잡아줄게.
반씨들 먹는 돈
나한테 달라니까?

참 어렵게 간다.
병신들.

안 돼.
좀 더 지켜보기로 했으니까
나중에 얘기할게.

기천고 부짱 박석호

주먹만 썼으니
내가 부짱이었던 거 아닌가?

원래 내 스타일대로 싸우면
좆도 아닌 게 명령질은.

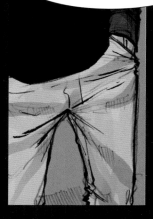

!

201

어이구. 무서워.
내가 짱님한테 개겼네.
부짱 주제에.

뭐가 불만이냐?

불만 없는데?
그냥 뭐…

서북고연 이사회들이
너무 해처먹는 것 같다는
느낌적인 느낌?

…

우리 말 듣게 만들어놨지.
독고는 내일부터 본격적으로
쪼아 나갈 거다.

예. 예.
저기 근데요.

왜?

내일 저녁에 몇 명
빌려주실 수 있으세요?

누가 찾아왔는데?

그냥 조금이라도 알면
신고하라고 하서서.

앗… 죄송…합…

야, 야. 가! 이 새꺄.

네… 네.

별 머저리 같은 게
찾아오고 난리야?

이세운이 학교를
나오면 좋을 텐데.

안 나오는 놈 신경 쓸 필요 없고
누구 한 명 잡자. 아무나.

너 같으면 아무 상관없는 녀석
잡는다고 독고가 나타날까?

아니라고 말해

일어나.

어?

일어나라고!

독고 안 나타나면 오늘부터
한 명씩 죽는다고 공지됐지?

212

지금 며칠째
안 나오는 거냐고?

내가 뭘?

아, 진짜.

딩동

딩동

딩동

형님, 저 상댑니다.
하루 만에 구역 변경하려니까
종석이도 머리 아팠나 봐요.
오늘 구역 변경은 없고요.

시현이 아웃 돼서 오늘은 3학년 4짱 병건이가 역할 대신합니다.

근데 형님 어제 어디 계셨어요?

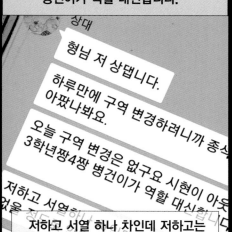

상대

형님 저 상댑니다.

하루만에 구역 변경하려니까 종석...
아팠나봐요.

오늘 구역 변경은 없구요 시현이 아웃...
3학년짱4짱 병건이가 역할 대신합니다...

저하고 서열하...

저하고 서열 하나 차인데 저하고는
비교도 할 수 없을 정도로 약합니다.

내가 생각한 첫 번째 일주일이
거의 지나가고 있고

서북고연과 현덕고가 동시에
나를 찾아다니게 만들었다.

빨리 끝낼 수 있겠어.

반민찬, 반월현 학생은 지금 즉시
이태성 이사실로 오기 바랍니다.

응?

뭐지?
누가 신고한 거 아냐?

다시 한 번 알려드립니다.
반민찬, 반월현 학생은…

…

다빈이한테 찾아내라고 지시해.
그냥 넘어가면 다음에 다른 녀석들이
신고할 용기를 내니까.

알아서 해도
되냐는데?

찾아내면?

그런가?

박선영 시켜서
최유라 밟으라고 해.

오케이. 그럼.
아, 이 시키.

다빈이 이 좆만 한 게
지가 해결하면 안 되겠냐는데?
욕정이 뻗었단다.

왜?

미친놈.
안 된다고 해.

그런데 말입니다.

저리 가.

아, 언니. 더럽게 발로.

알았어. 근데 너. 그거 하는 거지?

그거라니?

솔직히 얘기해봐. 독고가 독고하는 거잖아.

뭔 소리냐?

유행어도 모르고 진짜. 너 작년 태산고 같은 거 하고 있지?

...

이거 봐. 연기 개뿔도 못하네.

끊자.

근데 이번엔 왜? 네가 나서야 될 명분이 있어?

225

뭐래?

최유라라는 애가
너 걱정 많이 한대.

헤. 내가 좀 무심했나?
연락해볼게.

뭐야? 왜 연락이 안 돼?

여보세… 야!

일,

미안, 미안.
오늘 저녁에 볼까?

뭐 이런…

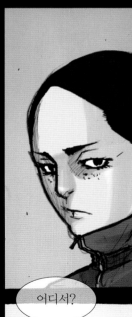

미안하다니까?
대신 진짜 멋진 언니 한 명
소개시켜줄게.

어디서?

다빈이는 어디 갔냐?

몰라.

근데 우리 서북고연에 지원 왜 나가는 거야?

모르지, 뭐.

안녕하세요.

김종석입니다.

네가 우리
빌려달라고 했다며?

예. 그런데 한 명 안 왔네요.

그 자식은 안 올 것 같은데?

할 수 없죠.
가시면서 설명 드릴게요.

내가 어쩌다가
널 따라 나왔는지
모르겠네.

에이. 언니도 가만 보면
집순이던데 가끔 코에 바람 좀
넣어주고 그래야지.

말이나 못하면.
어디서 만난다고?

내가 근데 이 동네를 잘 몰라.
내가 다니는 학교가 특수학교라서
학군 구분 없이 입학하더라?

이 동네 조그만 번화가 하나밖에 없어.
근데 초행길이면 길이 좀 복잡한데?

네가 그쪽으로
가야 되는 거 아냐?

에이. 애도 아니고.
알아서 찾아오겠지.

멀면 언니가 안 간다며?

뭐?

그게…

어이가 없네, 진짜.

좋은 친구야.
지금은 조금 괴로운 거고.

뭘?

좋아. 확실히 해줘.
그럼 가도 좋아.

그런 친구들 이제
정리해줬으면 좋겠어.

서희야.

대답해. 그럼 보내줄게.

일단 가야 하니까 속에도 없는 말 한 거 아니지?

알았어.

하지만 난 진심으로 받아들일 거야.
너 나한테 오늘 분명히 약속했어.

으... 응.

241

어디야?

그러게, 어딜까?

어디예요?

누가 경찰에 신고한다니까 다른 데로 끌고 갔는데 모르지.

왜?

어?

엇!

갔다 올 테니까
테이블 치우지 마요.

아… 주전자
3개째였는데요.

하!

안 따라가요?

여자애들밖에 없다고 했잖아요.

예.

그럼 괜찮아요.

여긴 지나가는
사람 없겠지?

없어.

그래.

탁

대체… 왜…?

짜

짝

짝

짝

앞으로 학교에서
무슨 일이 일어나도
신고 같은 거 하지 마.

!

피

익

쓰레기 ←
음악실 →

끅!

미친년인가?

너희 뭐 하니?
나 오줌 싸게 좀 꺼질래?

응? 이 쌍년들아.

미친년이
세상을 모르네.
저거 좀 치워.

!

뭐 좆도 아니네.
아니 좆은 남자 거니까.
씹도 아니네.

이런 거 진짜 짜증 나.

뭐가?

누군가 나타나서
방해하는 거.

259

취했네.
쌍.

쉬익

앗!

피억

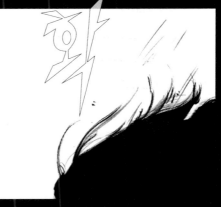

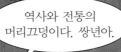
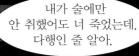

261

봤냐?

아, 아니!

얼굴 빨간 거 보니 봤네?

아, 아니야. 그냥 당황해서.

뭐 친구끼리 그럴 수도 있지.

툭

툭

김치전골은 너 오면 시킨다고 안 시켰거든. 가자, 먹어야지.

으

권투는 배우고
그따위 폼을 잡는 거냐?

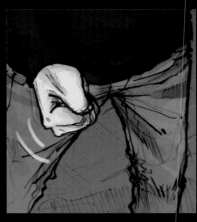

난 4년 전까지
라이트 웰터 아마
챔피언이었다.

자세만 보면 알아.

엉터리로
흉내 내고 있는 거.

!

네가 하는 건
복싱이 아니다.

이게 복싱이다.

277

오오…
대학생 커플이다.

에이. 농담이잖아.
정색하고 그래?

그놈의 대학생은…?
그만 좀 해. 친구 사이에.

난 재미없어.

알았어, 알았어. 난 제수씨
언제 소개시켜주냐?

응?

왜?

아, 그게… 그러니까
축제도 있고 과 행사도 있고…

왜?

우드득

끄아아아아!!

이제 다시 너 혼자구나.

도와드릴까요?

됐어. 이 자식은
네 상대 아니야.

제길. 지 상대도
아닌 것 같은데 허세는.

오랜만이야. 정말 제대로 싸워야겠다는 기분이 든 건.

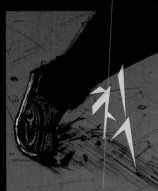

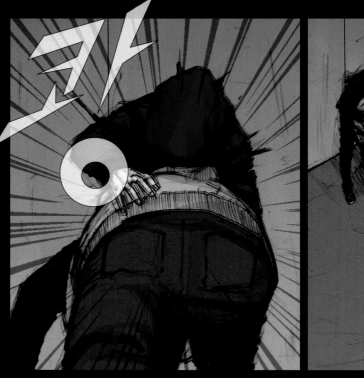

꽤 곤란하겠는데?

어이.
날 뛰는 건 거기까지.

이건 뭐야?

301

그냥 발발 떠는 거
보는 게 재밌는 거니까.

이 또라이…

따리리리

4권에서 계속

독고2 3

초판 1쇄 인쇄 2019년 6월 27일
초판 1쇄 발행 2019년 7월 15일

지은이 민 백승훈
펴낸이 김문식 최민석
편집 이수민 김현진 박예나 김소정 윤예슬
디자인 손현주
편집디자인 김철
제작 제이오

펴낸곳 (주)해피북스투유
출판등록 2016년 12월 12일 제2016-000343호
주소 서울시 성북구 종암로 63, 4층(종암동)
전화 02)336-1203
팩스 02)336-1209

ISBN 979-11-88200-81-8 (04810)
        979-11-88200-78-8 (세트)